귀신 바이러스의 비밀을 풀어라

교과 연계
사회 3학년 1학기 2단원 우리가 알아보는 고장 이야기
사회 4학년 2학기 3단원 변화와 문화의 다양성
도덕 3학년 5단원 함께 지키는 행복한 세상
도덕 4학년 4단원 힘과 마음을 모아서

즐거운 동화여행 197

귀신 바이러스의 비밀을 풀어라

2024년 12월 13일 초판 1쇄

글 김백신   그림 최달수
펴낸이 김숙분   디자인 김은혜·김바라   홍보·마케팅 최태수
펴낸 곳 (주)도서출판 가문비   출판등록 제 300-2005-60호
주소 (06732) 서울 서초구 서운로 19, 1711호(서초동, 서초월드오피스텔)
전화 02)587-4244~5 팩스 02)587-4246   이메일 gamoonbee21@naver.com
홈페이지 www.gamoonbee.com   블로그 blog.naver.com/gamoonbee21/
제조국 대한민국   사용 연령 10세 이상
주의사항 종이에 베이거나 긁히지 않게 조심하세요.

ISBN 978-89-6902-748-1 73810

ⓒ 2024 김백신

후원 : 한국장애인문화예술원
Korea Disability Arts & Culture Center

귀신 바이러스의 비밀을 풀어라

김백신 글
최달수 그림

가문비
어린이

여러분은 서낭나무에 대해 들어봤나요?

못 들었다고요? 책에서는 봤다고요?

그래요. 지금은 모두 사라지고 없지만, 선생님이 어렸을 때는 마을마다 서낭나무가 있었어요. 동네 사람들은 일 년에 한 번씩 그 나무 아래 모여 제사도 지내고, 음식을 나눠 먹기도 했죠. 서낭 제사는 마을 사람들 한자리에 모여 고민을 털어놓고 소원을 비는 놀이 같은 것이었답니다.

우리 동네 서낭나무는 동네에서 가장 큰 나무였어요. 마을로 들어오려면 서낭나무를 지나야 했지요. 서낭나무가 어렸을 때는 왜 그리 무서웠는지 모르겠어요. 날이 어두워진 후 그 옆을 지나려면 발이 떨어지지 않았죠. 있는 힘껏 주먹 쥐고 살금살금 걸어도 머리가 쭈뼛,

손에는 땀이 고였답니다. 뛰어 달아나고 싶었지만, 뒤에서 누군가가 잡아당기는 것 같아 제자리걸음이 되곤 했어요.

귀신 바이러스는 서낭나무에 얽힌 이야기랍니다. 서낭 제사를 위해 마을 사람들이 모여 술을 빚고, 제사 음식을 만들고, 어른들이 어떤 소원을 빌었는지 우리의 전통문화를 기록하고 있어요.

서낭 제사를 지낼 때, 말을 많이 하면 서낭 귀신이 입으로 쏙 들어간다는 외사촌 형의 말에 속아 좌충우돌하는 기태의 고민도 함께 있어요. 책꽂이가 없어지면서 서낭나무가 서 있는 환상에 놀라 꼼짝 못하는 기태. 그런데 엄마는 이번 방학에 또 외가에 가라고 성화네요.

주인공 기태는 외가에 가지 않겠다고, 열심히 학원에 다니겠다고 고집을 부리지만 엄마를 이길 수 있을까요?
어때요? 기태를 위로하러 우리 함께 서낭 마을로 가 볼까요?

김백신

차례

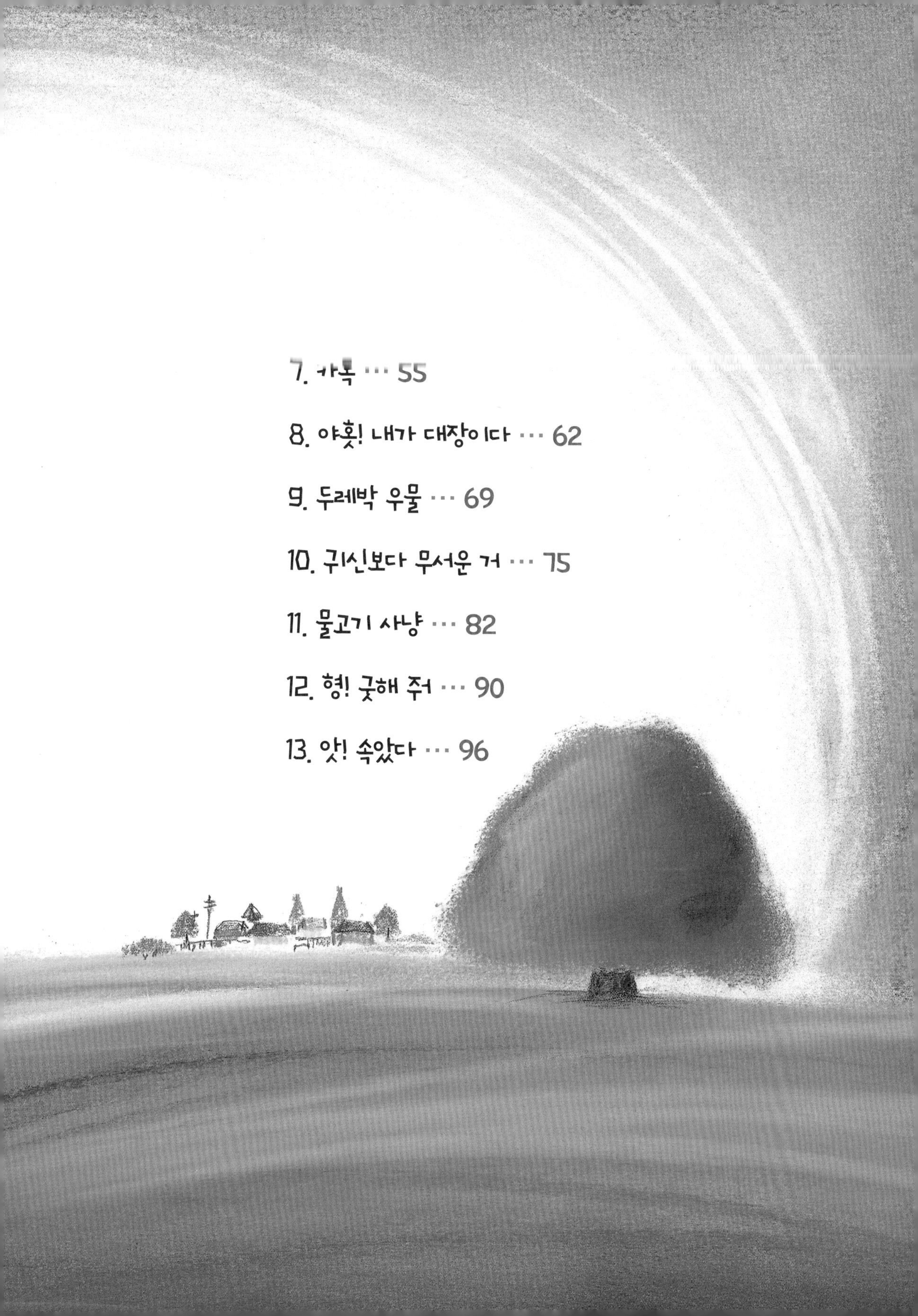

1. 엄마의 출장

"어쩌겠어. 잘리지 않으려면 하라는 대로 해야지."

엄마가 누군가와 통화했다. 회사에서 잘리지 않으려고 가고 싶지도 않은 출장을 가겠다는 거다. 우리 집에서 대장인 엄마가 하기 싫은 일을 해야 한다니, 충격이다. 엄마의 비밀을 알아낸 것처럼 가슴이 막 뛴다.

"방학하면 기태랑 여름이는 외갓집에 보내지 뭐."

"뭐?"

깜놀. 순간, 들고 있던 게임기를 떨어뜨릴 뻔했다. 귀가 하늘로 쭈~악 뻗친다. 휴대전화로 친구와 문자를 주고받다가 전봇대에 꽝 부딪혔을 때처럼, 으악! 눈앞이 캄캄해지면서 별이 보였다. 얼른 정신을 가다듬었다. 중요한 게임을 하고 있었으니까. 게임으로 기웅이를 이길 수 있는 최초의 기회를 맞고 있으니까.

"너도 좋지? 학원….'

엄마가 나를 돌아보며 뭐라 뭐라 했다. 나는 얼른 고개를 까딱. 엄마의 질문에 답할 상황이 아니다. 지금 나는 기웅이와 마지막 전투하고 있다. 이대로 그냥 버티기만 해도 기웅이를 이길 수 있다. '우와!' 한 번도 이겨본 적이 없는 기웅이. 가슴이 벌렁벌렁. 엄마의 질문에 고개를 끄덕인 건 대답이 아니다.

"이유 없지?"

엄마가 물었지만, 대답할 수 없었다. 왜냐하면 엄마가 뭘 묻는지 모르겠고, 그보다 다 이긴 게임에서 그만 지고 말았기 때문이다. 엄마가 나를 외갓집으로 보내겠다는 바람에 깜짝 놀라 잠깐 흔들렸을 뿐인데, 기웅이는 그 순간을 노리고 있었던 것처럼 급소를 찔렀다.

'으으으' 어깨에 힘이 빠져 허리를 꾸부정하게 접고 내 방으로 돌아섰다. 내 머릿속은 오로지 이길 수 있었는데, 그 생각뿐이었다.

"이유 없지?"

엄마가 연거푸 물었지만, 나는 뒤도 돌아보지 않았다. 두 팔을 길게 내려뜨리고 혀를 반쯤 내민 채 방으로 들어서서 문을 세게 당겼

다. 엄마가 말하는 게 외갓집에 가는 거라면, 나도 할 말이 있다. 며칠 전 엄마에게 분명히 말했다. 이번 방학에는 외갓집에 안 가고, 학원이나 잘 다니겠다고.

"다음 주에 방학이지?"

엄마가 느닷없이 외갓집에 가져갈 짐을 미리 싸 놓으라고 했다. 내가 동생과 함께 가야 한단다. 안 간다고 버티자, 엄마가 소리소리 질렀다. 철석같이 약속해 놓고 왜 딴소리냐고.

"내가 언제?"

솔직히 게임 하고 있던 그때, 나를 외갓집에 보내겠다는 말을 정확히는 듣지 못했다. 하지만 어차피 내 일은 엄마가 결정할 거라서, 그냥 고개만 까닥한 것뿐인데 엄마는 내가 대답해 놓고 약속을 어긴다고 소리소리 지른다. '할머니 집에 못 가서 안달할 땐 언제냐?'며 밀어붙인다. 하늘과 땅에 맹세할 수 있다. 이번만큼은 정말, 정말로 외갓집에 가겠다고 대답한 게 아니다. 엄마가 '이유 없지?'라며 다짐시키려 할 때도 분명히 대답하지 않았다.

솔직히 외갓집에 가고 싶지 않은 이유가 있다. 아무에게도 말하지 않은 비밀인데, 내 몸속으로 들어온 서낭 귀신 때문이다. 외사촌 형이 봤다고 했다. 서낭 제사를 지낼 때 내가 너무 말을 많이 해서 옆에

서 있던 서낭 귀신이 입으로 쏘옥! 들어갔다는 거다.

나도 처음에는 믿지 않았다. 하지만 차차 입속으로 들어온 서낭 귀신이 내가 하는 행동을 죄다 지켜보고 있는 것 같았다.

엄마가 외갓집에 가라던 그날에도 갑자기 눈앞에 있던 책꽂이가 훅 사라지더니, 그 자리에 서낭나무가 우뚝 서 있는 것이 아닌가. 외갓집으로 들어가는 길목에 서 있던 그 서낭나무가.

"흐으익!"

나는 왼쪽 의자 밑으로 머리를 처박았다. 두 주먹을 오른쪽 눈썹에 붙이며 눈을 감았다. 서낭나무만 아니면, 엄마 말대로 외갓집에 못 가서 안달했을지도 모른다.

엄마한테 이유를 말하지 못한 것도 서낭나무 때문이었다. 하지만 엄마는 끄떡도 안 한다. 여기저기 전화하면서 내가 외갓집 가고 싶어 안달이란다. 이 말은 아무래도 안 간다는 말을 하지 못 하게 하려는 엄마의 작전인 것 같다.

외갓집은 강릉에서 대관령 쪽으로 15분쯤 더 가야 하는 '성산'이라는 곳이다. 그런데도 엄마는 곧잘 '구산 가는 길이야'라고 한다. 외갓집이 성산인데 구산 간다는 건 또 뭐야? 정말 궁금했다. 물론 엄마에게 묻지는 않았다. 그럼 또 지루한 설명을 들어야 할 테니까.

엄마의 설명은 엄청나게 길다. 언젠가 내가 엄마한테 '명주군왕'에 대해 질문했다가 완전히 몸이 뒤틀린 적이 있다. 왕대박 사건이었다.

"할아버지 산소 알지?"

엄마의 대답은 늘 엉뚱한 곳에서 시작한다. 명주군왕과 할아버지 산소가 무슨 상관이라고.

"산소를 옛날에는 '묘'라고 했어. 왕이 묻힌 산소는 '능'이라고 해. 결혼하지 않아서 자식이 없었던 선덕여왕이 돌아가신 뒤, 아참! 임금은 승하한다고 하지? 그러니까 선덕여왕이 승하한 뒤에 김주원이 왕으로 추대되었어. 그런데 홍수 때문에 입궐하지 못하자, 상대등 김경신이 원성왕이 되었어…."

"엄마! 근데, 내 말은…."

"아, 내 이야기 끝까지 들어봐"

아! 게임 아웃. 엄마는 말도 못 하게 하면서 이야기를 계속했다.

"그러자 김주원은 당시 명주라고 부르던 이곳 강릉으로 물러났어. 2년 후 조정에서 그를 '명주군왕'으로 삼아서 명주와 울진을 식읍으로 내렸어. 아, 식읍이 뭐냐면… 공로가 많은 대신에게 특별 보상으로 주는 땅이야. 이후 김주원의 후손들은 본관을 강릉으로 삼았어. 그러니까 김주원이 강릉 김씨의 시조이지…. 요즘은 능에 가서 제사 지낼 때 차를 올리는데, 이걸 '다례'라고 해. 다례라는 말은 제사음식 대신 차를 올린다는 거야⋯."

"어휴!"

하지만 엄마의 설명은 거기서 그치지 않았다.

"너, 그거 알지? 대관령 산신이 된 김유신은 가야 출신⋯ 가야가 멸망한 뒤⋯ 여동생은 소변이 마을을 물바다로 만드는 이상한 꿈을 꾸고 김춘추의 아내가 되고⋯. 그, 그러니까, 선덕여왕⋯ 화랑도 정신으로 백제와 고구려를 멸망시키고⋯ 친구 사이엔 신의를⋯. 잘 알아 둬."

설명은 1시간을 넘겼다. 내 질문은 '명주군왕이 누구였나?'였다. 그에 관한 온갖 것까지 알고 싶었던 건 아니다. 그 후, 다짐했다. 엄마에게 질문하지 않기로.

2. 이유는 말 못 해

"왜 안 가? 할머니 댁에 못 가서 안달할 땐 언제고."

대답할 수 없었다. 서낭 귀신이 무서워서 그런다고 하면, 엄마는 '사내자식이 뭐?' 하면서 단번에 날 우습게 만들 거다. 뻔~하다. 엄마는 턱을 앞으로 내밀면서 다그쳤다.

"싫으면 안 가는 거지 뭐. 그것도 내 맘대로 못 하나 뭐!"

"내가 3주 동안 집을 비울 건데, 네가 동생을 돌볼 수 있어? 일찍 일어나서 이불 털어내고, 여름이 깨워서 세수시키고, 얼굴에 크림 발라 주고, 머리 땋고, 밥 먹여서 유치원 차에 태워 보내고, 너 학원 가고, 돌아올 때 여름이 데려오고, 비라도 오면 우산 가지고 가서 동생 데려오고, 간식 먹이고, 저녁 먹고 이빨 닦고, 세수시키고

재우고…."

나도 지지 않고 응수했다.

"여름이만 보내면 되잖아. 난 혼자 다 할 수 있어."

"그러니까 외갓집에 가는 게 왜 싫은지 이유를 대라고! 앞으로 3주 동안 어떻게 살 건지 계획서를 내. 밥은 어떻게 해 먹을 거며, 반찬은 김치만 먹을 건지 된장만 먹을 건지, 아니면 라면만 끓여 먹을 건지, 빨래는 어쩔 거며, 혼자 시간 맞춰 일어나고, 학원 가는 건 어떻게 할 건지…."

"여름이만 보내면 혼자 다 할 수 이~써어."

그런데 엄마가 아까 한 말을 똑같이 다시 했다.

"그러니까 외갓집에 가는 게 왜 싫은지 이유를 대라고! 앞으로 3주 동안…."

"헉!"

한 음절도 다르지 않다. 엄마는 말을 외워서 하는 걸까? 이럴 땐 나도 똑같이 대답해야 한다.

"여름이만 보내면 혼자 다 할 수 이~써어."

"뭐라고?"

못 들은 척, 엄마가 엉뚱한 말을 이어갔다.

"하여간 너의 아빠가 문제야. 왜 지방으로 가겠다고 하냐고? 이럴 줄 알았다니까!"

순식간에 말이 아빠의 이야기로 옮아갔다. 어라, 이럴 땐 뭐라고 답하지? 아니다. 이럴 때 가만히 있는 거다. 외갓집에 가기 싫은 이유를 묻는 게 아니니까, 아빠 이야기에 답할 필요는 없다. 그렇지만 엄마의 반격이 언제 시작될지 모르므로 정신을 바짝 차려야 한다.

"하여간 네 아빠가 문제라니까. 왜 지방으로 간다고…."

아빠 이야기로 20분이 지났다. 엄마의 머릿속이 아빠 생각으로 채워진 것 같다. 이쯤 되면 엄마는 내 말을 듣지 않는다. 그러니 외갓집 이야기는 여기서 끝내는 거다.

아! 기웅이와의 게임, 아깝다. 이번엔 내가 이기는 건데. 약이 오른다. 그때다. 엄마가 갑자기 치고 들어왔다.

"그런 일 없기로 했잖아. 엄마 말이 맞지?"

뭔지 모르지만, 아빠 이야기할 땐 무조건 엄마 편이 되어야 한다. 확실하게 고개를 끄덕.

"약속했다. 외갓집에 가는 거다!"

"앗!"

눈앞이 캄캄하다. 내가 '아빠의 이야기'에 긴장을 풀고 있던 틈을

타서 엄마가 나를 외갓집으로 보내 버리고 말았다. 아빠가 지방으로 간 것하고, 내가 할머니 댁에 가는 것하고 무슨 관계라고.

아무래도 기권해야 할 것 같다. 그 정도 눈치는 나도 있다. 할 수 없이 고개를 끄덕끄덕.

"진작 그럴 것이지."

엄마가 고개를 획 돌리며 말했다.

엄마를 당할 사람은 없다. 얼마 전 아빠 회사에서 지방으로 내려갈 사람을 뽑는다고 했을 때도 그랬다. 엄마 말에 의하면, 아빠가 지방으로 가겠다고 회사에 먼저 말했다는 거다.

아빠는 절대로 아니라고 했지만, 내 생각에도 손을 번쩍 든 것 같다. 엄마를 피해 도망가고 싶었을 거다. 아빠가 지방으로 내려가는 것이 결정된 그날, 엄마는, '내 그럴 줄 알았다'며 소리소리 질렀다.

내가 울타리를 잃은 건 아빠가 지방으로 떠난 이후부터다. 엄마는 나의 모든 걸 거머쥐었다. 학원이 3개로 늘어서 파김치가 되어 돌아와도, 내 방으로 직행. 텔레비전을 보는 게 다 뭐야. 꼼짝없이 갇혔다.

1년 365일 모두 그런 건 아니다. 내게도 복 터지는 날이 종종 왔다. 엄마 회사에서 회식이 있거나 모임이 있어 늦는 날이다.

그땐 해방을 맞는 날이다. 해방이 뭔지 모르지만, 하여간 신나는 날이다. 내 맘대로 할 수 있으니까. 사탕으로 동생 여름이만 잘 구슬려 놓으면 텔레비전으로 개그도 볼 수 있고, 만화책도 빌려 볼 수 있다.

진짜 비밀이 하나 더 있다면, 내가 컴퓨터 게임을 했다는 걸 엄마는 절대 알 수 없다는 거다. 엄마가 오기 전에 게임 루트를 다 지우고 나올 수 있으니까. 다른 건 몰라도 컴퓨터 게임만큼은 완벽하게 속일 수 있다. 만약에 게임 한 걸 들킨다면, 나는 그날로 쫓겨날지 모른다. 아빠가 있는 지방으로 전학 갈 수도 있다.

학원을 너무 많이 다녀 힘들다는 엄살은 조금도 안 먹힌다. 아무리 힘든 표정을 지어도 속지 않는다. 야근하고 돌아오는 날엔 엄마도 파김치다. 그때 엄마 앞으로 가서 반쯤 눈을 감고 쓰러질 것처럼 비틀거려 보였다. 엄마처럼 나도 힘들다는 것을 말하고 싶은 거다. 그러나 실패. 몇 번을 해 봤지만 통하지 않았다. 절대 안 된다.

3. 할머니와 서낭 제사

"뭘 안 가!"

누가 나에게 소리 지르는 것 같아서, 주위를 둘러봤다. 아무도 없다. 아무래도 서낭 귀신인 것 같다.

"으힛."

서낭 귀신이라면 치가 떨린다.

억울해서 말을 안 할 수 없다. 귀신이 하필이면 왜 나한테 오냔 말이다. 동네 사람도 많았는데.

그러니까 지난겨울에, 할머니가 서낭 제사를 준비한다며 이른 아침부터 나가셨다. 늦은 밤에는 형이 구경 가자고 했다. 제사에는 관심 없지만, 혼자 있기도 그래서 따라나섰다.

하얀 두루마기를 입은 사람이 볏단에 불을 피워서 휘휘~ 젓는 게 보였다. 볏단의 불은 흔들릴 때마다 벌겋게 불꽃이 일었다. 그걸 휙! 뒤집으면 불똥이 꺼지면서 연기가 피어올랐다. 매운 연기로 나쁜 귀신이 따라붙지 못하게 하는 거란다. 그런데 그 연기는 귀신만 쫓는 게 아닌 것 같다. 나도 눈이 매워 죽는 줄 알았다. 눈물 콧물을 질질 흘렸다.

제사에 나온 어른들은 흰 두루마기를 입고 갓을 썼다. 할아버지 한 분이 바가지에 담긴 물을 나무 주변에 뿌렸다. 희끗희끗 보이는 얼굴. 마치 TV에서 나오는 전설의 고향 같다. 딴 세상에 와 있는 기분이 들었다.

"저 할아버지는 왜 나무 주변에 물을 뿌려요?"

내 질문에 할머니가 대답했다.

"저 물은 정화수야. 아낙네가 하루 전 목욕하고 깨끗한 옷으로 갈아입은 후, 새벽에 동녘으로 난 산길로 가서 절하고 약수를 길어 와…. 짚으로 연기를 피우면 잡귀는 매워서 도망가고… 길어 온 물을 가만히 놓아두었다가 가라앉힌 후, 윗물을 떠서 저렇게 뿌리는 건… 서낭나무 주변을 깨끗이 청소하는 거야."

"예~에?"

설명이 너무 길어서 나도 모르게 반문했다.

"저 물은 정화수야. 아낙네가 하루 전 목욕하고 깨끗한 옷으로 갈아입은 후, 새벽…."

"헉."

엄마가 할머니를 닮은 것 같다. 말을 외워서 하는 것 말이다.

내 질문은 '왜 나무 주변에 물을 뿌리냐?'는 것이다. 그러니 '서낭나무 주변을 깨끗이 청소하기 위해서'가 답이다. 그런데 쓸데없는 말이 150배. 하지만 그게 끝이 아니다.

"제사를 맡은 사람은 한 달 전에 대문 앞에 금줄을 치고…. 신주, 그러니까 신주는 서낭님께 드리는 술이야. 신주를 담가 땅에 묻고, 그다음에는 동네에서 가장 붉은 깃털을 가진 닭을 잡아 제물로…. 제사를 맡은 사람이 닭을 지목하면 누구의 것이든 무조건 내놔야 해."

"할머니! 제사 준비 안 하세요?"

할머니의 말을 끊어 보려고 했지만, 듣는 둥 마는 둥.

"그다음에는 쥐새끼 한 마리도 잡지 않아. 부정 타니까. 혹시라도 부정한 짓을 하게 되면 그때 입었던 옷을 벗어. 그 옷은 제사가 끝날 때까지 빨지 않고 두지. 그래서 냇가에서 빨래하는 아낙네가 없는 거야."

할머니의 설명은 끝나지 않을 것 같았다.

"제사떡을 자르면 나이가 가장 많은 어르신께 보내는 게 전통이야. 그해 제사 준비는 모두 도가가 알아서 척척…."

'도가?'

나는 '도가'가 누구인지 궁금했지만, 꾹꾹 눌렀다. 할머니의 설명이 더 길어지면 제사도 지내지 못할 것 같아서다.

내 추측은 정확했다. 추가 질문이 없어도 할머니의 설명은 제사 지내기 직전에야 끝이 났다. 그래서 나는 다짐했다. 질문해선 안 되는 사람에 할머니 추가.

제사는 자정에 시작되었다. 제사 지낼 때 쓰는 나무 접시에 감, 밤, 대추, 사과, 배가 올랐다. 앞줄에 차려 놓은 과일은 집에서 제사를 지낼 때처럼 껍데기 한 줄을 동그랗게 깎아 놓았다. 가자미처럼 넓적하게 생긴 물고기를 통째로 기름에 튀겨 만든 전은 처음 봤다. 1m쯤 되어 보이는 물고기를 튀겨내는 프라이팬은 얼마나 클까? 아마도 가마솥만 할 거다. 엄청 궁금하다.

할머니는 가장 붉은 깃털을 가진 닭을 잡아 제물로 바친다고 했는데, 나무 그릇에 웅크리고 올라앉은 닭은 흰색이었다. 귀신을 쫓는 색은 붉은색이라고 했는데, 이상하다. 궁금해 죽겠다. 그렇지만 할머니에게 물어보면 안 된다.

할아버지 한 분이 제단 앞으로 나섰다. 촛불이 살랑살랑 춤춘다. 캄캄한 밤, 할아버지의 얼굴이 영화 속에 나오는 사람처럼 푸릇푸릇. 서낭나무를 향해 절할 때마다 긴 두루마기가 펄럭거렸다. 형의 귀를 끌어당겨서 말했다.

"영화 찍는 거 같아!"

당겨진 귀가 간지러운지 형이 내 쪽으로 머리를 갸웃했다. 그러고는 배꼽인사라도 할 것처럼 손을 모아 잡고 똑바로 섰다. 나를 향해 한쪽 눈을 찡긋한 것도 같다.

"맞지? 전쟁터로 가기 전에 조상님들 무덤에서 이기고 돌아오겠다고 제사 지내는 거 같은데 뭐."

이번에도 형은 대답하지 않고 둘째손가락을 입술에 세웠다. 조용히 하라는 뜻이다.

"맞는데!"

나는 작은 소리로 혼잣말하고 '기우뚱기우뚱' 몸을 사선으로 흔들며, 칼을 높이 들고 말을 타고 달려가는 장수 시늉을 해 보았다. 갑옷을 입은 용감한 장수가 눈앞에 그려졌다.

"올해도 풍년 들게 해 주시고, 마을 사람들이 아무 변고 없이 행복

하기를 비나이다.”

촛불 앞에 꿇어앉은 할아버지가 또랑또랑한 목소리로 외쳤다.

“에이!”

실망이다. ‘반드시 이기고 돌아오겠습니다’라고 해야 맞을 것 같은데, 동네 사람들의 소원은 별로다.

“다 같이!”

그 말에 형이 나를 툭 쳤다. 모여 있던 마을 사람이 꾸벅꾸벅 절했다. 나도 얼른 형을 따라 절하며 ‘나무에 절하는 게 말이 돼?’라고 속으로 생각했다. 하지만 또 절하려고 하자, 이런저런 생각이 떠올랐다.

‘서낭나무 앞에 귀신이 앉아 있을까? 그 귀신에게 절하는 건가? 귀신이 나무에 붙어사나? 친구도 없고 혼자 사나?’

매일 여기 앉아서 지켜보다가 아이들이 쪼르르 뛰어가면 ‘학교 가냐? 공부는 잘했냐?’ 이런 거 물을까?

‘가방을 메고 가야지, 왜 질질 끌고 다니느냐? 옷도 단정하게 입어야지!’ 이런 참견도 할까. 서낭 귀신은 심심하지 않겠다. 아니다, 요즘은 다 차를 타고 다녀서 서낭 귀신도 심심하겠다. 지나다니는 아이들이 없어서 재미없겠다. 차라리 아이들을 따라 학교 가는 게 더 재미있겠다.

제사가 끝나자, 할머니가 제사상 앞에 무릎을 꿇었다. 두 손을 비비며 중얼중얼, 굽신굽신. 할머니 뒤에서 순서를 기다리는 사람도 있다. 하지만 기도는 좀처럼 끝나지 않았다.

"어르신. 그만 끝내시지요. 밤이 깊어서."

할머니의 기도는 어떤 할아버지가 한마디 거들어서 겨우 끝이 났다.

4. 말하면 귀신이 입으로 쏘옥

　제사가 끝나자, 동네 아주머니들이 시루떡을 들어냈다. 할머니의 그 길고도 지루한 이야기에 의하면, 가장 나이 많은 어르신께 제사떡을 보낸다고 한다.

　"봉송 갔다 올게."

　떡 주머니를 받아 든 형이 내 앞을 지나치며 말했다. '봉송'이 뭐지? 궁금하다. 하지만 형이 휙 가 버려 물어보지 못했다. 아무리 궁금해도 할머니에게는 묻지 않는다. 상황을 헤아려 보니 알 것 같다. 봉송은 떡 심부름하러 간다는 말 같다.

　형이 떠나자 시커먼 키다리 그림자가 내 주변을 빙빙 돌며 왔다 갔다 했다. 그림자는 뾰족한 깃대처럼 늘어졌다가 다시 내 발밑으로 훅 달려들기도 했다. 몸이 떨리기 시작했다. 추운 것은 참을 수 있는데, 무서운 건 좀 그렇다. 형은 왜 빨리 안 오는 거야!

할머니가 내게 떡 한 조각을 줬다. 귀신 쫓는 붉은팥 시루떡. 캄캄한 밤이라 그림자처럼 보이는 할머니가 얼른 먹으라며 입에 넣는 시늉을 했다. 동네 아주머니가 떡 그릇을 들고 사람들에게 돌린다. 아주머니가 내 앞에 왔을 때, 나는 얼른 떡을 들어 보이며 고개를 저었다.

솔직히 나는 떡이 별로다. 엄마는 떡을 좋아해서 어렸을 때 별명이 떡보였다고 한다. 나는 엄마를 닮지 않은 게 분명하다. 게다가 한밤중에 먹는 떡이라니. '에이!' 별로다.

제사에 피자를 놓으면 좋잖아. 집에서 제사 지낼 때도 나는 그게 불만이었다. 피자를 떡만큼 쌓으려면 엄청 많이 사야 할 거다. 피자를 실컷 먹을 수 있을 거다.

나는 떡을 들고 형이 오기를 기다렸다. 동네에서 나이가 가장 많은 할아버지 댁이 어딘지 몰라도 꽤 먼 것 같다. 형은 좀처럼 돌아오지 않았다. 동네 어른들이 떡이랑 막걸리를 거의 다 먹을 무렵에야 돌아왔다.

"왜 이렇게 늦었어?"

할머니가 형에게도 떡 한 조각을 건네줬다. 나에게 했던 것처럼 할머니는 고개를 뒤로 젖히며 얼른 먹으라고 시늉했다. 형이 곧바로 떡을 입에 넣었다. 할 수 없이 나도 들고 있던 떡을 입에 넣었다. 반만 먹고 나머지는 버릴 생각이다. 떡을 이로 뚝 잘랐다.

형이 떡을 우물거리다 말고 둘째손가락으로 내 입을 가리켰다. '떡을 왜 먹지 않냐?' 뭐 그런 이야기 같았다. 나는 입에 넣은 떡을 질겅질겅 씹으며, 남은 떡 절반을 논 쪽으로 휙 던져 버렸다. 그러고는 고

개를 좌우로 도리도리.

입에 넣은 떡도 목구멍에서 넘어가지 않았다. 그냥 뱉으려고 두리 번거리는데, 형이 나를 툭 쳤다. 그러고는 손가락을 고정한 채로 내 입을 가리켰다.

"왜? 이 떡 꼭 먹어야 해?"

한쪽 볼에 떡을 몰아넣고 물었다. 형이 고개를 강하게 끄덕였다.

"근데 형. 여기서 소원 빌면 진짜 들어줘?"

그러자 형이 손가락을 세우며 '쉿!' 했다. 촛불 속에 희끗희끗 보이 는 형은 잔뜩 겁먹은 얼굴이다. 갑자기 내 몸이 굳어 버린다. 움직이 려 해도 눈알만 뱅글뱅글. 너무 긴장해서 그런가? 꼼짝할 수 없었다. 떡을 문 채로 형과 얼음땡 놀이하는 것 같았다.

서낭 제사를 마치고 집으로 돌아오는 길, 문 앞까지 왔을 때다. 형 이 갑자기 나를 방으로 밀어 넣었다. 그러고는 무섭게 소리쳤다.

"아까 서낭 제사 지낼 때, 내가 왜 '쉿!' 했는지 알아?"

빠른 말투. 머리가 힝! 어지럼증이다. 아~ 공포라는 게 이런 거다.

"귀신이 바로 네 앞에 있었거든. 제사 지낼 때 말하면 안 돼. 귀신 은 사람이 말할 때 입으로 쏙! 들어가."

순간 '흡!' 하며 입을 틀어막았다.

"제사 지내면서 말하는 사람 봤어? 너는 귀신 쫓는 떡도 안 먹고 말이야!"

눈물이 쏟아지려 했다. 형이 계속 다그쳤다.

"넌 시루떡도 버렸잖아!"

"넌 떡 싫어한단 말이야."

"그럴 줄 알았어."

형이 숨을 크게 내쉬면서 낙심한 듯 말했다.

"그러면 안 돼?"

"안 되지. 귀신 쫓는 떡이라도 먹으면 좋잖아."

"그럼, 어떡해!"

"뭘 어떡해? 굿을 해야지."

"굿을 어떻게 하는데?"

"엄마한테 말하면 알아. 부탁해 봐" 하면서 형이 고개를 돌렸다. 이상하다. 형이 웃는 걸까? 아니다, 너무 무서워 얼굴을 찡그리는 거다.

앞이 캄캄했다. 귀신 쫓는 떡을 버렸다는 걸 알면 엄마가 또 난리 칠 거다. 거기다 굿까지 해 달라면 까무러칠 거다.

"안 돼. 엄마한테 혼나! 그거 형이 해 주면 안 돼?"

형이 잠시 생각하더니 겅중겅중 뛰기 시작했다. 눈을 치켜떠서 검은 눈동자가 보이지 않았다.

"굿하는 거야?"

형이 나를 힐긋 봤다. 그러고는 다시 귀신 이야기다.

"야! 귀신도 등급이 있어."

"등급?"

"응. 1등급은 하늘에 사는 신, 2등급은 조상신 할아버지, 3등급은 이순신처럼 싸움 잘하는….'

난 귀신 등급 같은 거엔 관심 없다. 그냥 형이 굿을 해 줄 것인지, 그것에 알고 싶다.

"형! 그거 말고. 굿을 해야지."

내가 형의 팔에 매달렸지만, 형은 '4등급 귀신은… 5등급… 6등급… 7등급… 저승사자…' 끝이 없다. '귀신의 등급은 누가 매겨?'라고 질문하고 싶은데, 입을 꾹 다물었다. 대신 형의 이야기가 끝나기를 기다리기로 했다. 빨리 귀신 등급 이야기를 끝내고, 굿을 다 했다고 말해 줬으면 좋겠다. 나의 바람은 그것뿐이었다.

5. 귀신이 붙으면

"귀신이 붙으면 내 마음대로 안 돼. 우선 잠이 달아나서 밤새도록 동네를 돌아다니게 돼. 어딜 다니는지도 몰라. 굿하지 않으면, 귀신은 몸에서 나가지 않아. 굿을 해야 해. '둥둥둥' 밤새도록 북을 치는 거야."

"나는 괜찮은 거지? 형이 아까 굿했으니까 된 거지?"

눈을 동그랗게 뜨고 물었다. 나라도 정신을 좀 차려야 할 것 같다. 형의 이야기가 자꾸 샛길로 빠진다. 그때 문득 떠오른 생각. 아무래도 형이 엄마를 닮은 것 같다. 굿만 끝냈다면 앞으로 형에게도 질문 같은 건 하지 말아야겠다. 형의 설명이 계속되었다.

"등급도 없는 귀신은 인간 세상에 와서 못된 장난을 쳐. 사람에게 붙어서 골탕을 먹이기도 하고."

"흐이!"

발가락이 오므라든다. 속으로 '흥! 세상에 귀신이 어디 있어?'라면서도 가슴이 콩닥콩닥. 형의 귀신 이야기는 여전히 계속된다.

"귀신이 붙으면 말이 핫!와. 이러면 밀이 아닌네노, 남의 말을 따라 해. 두 손을 비비면서 서낭님! 소원이 있습니다. 제 소원을 들어주시면…. 서낭님, 서낭님~~."

"서낭님."

형의 말을 따라 할 생각이 아니었는데, 계속 '서낭님, 서낭님~~.'

하니까 나도 모르게 따라 했다. 형은 귀신 이야기를 계속한다. 귀신
에 홀린 것처럼.

"내일 아침에 일어나 보면 알아. 귀신이 붙은 사람은 잠이 깼을 때,
눈을 위로 떠."

형이 콧등을 땅 쪽으로 향하고 눈을 서서히 치켜떴다. 눈알이 허옇
다. 그 상태로 숨을 멈추고 얼굴을 내 쪽으로 향한 채 가만히 있다.

"싫어, 무서워!"

"굿해 달라며?"

내가 얼른 고개를 끄덕였다. 형은 실실거리며 웃다가 눈을 치켜뜨고, 다시 웃다가 치켜떴다. 아무래도 형이 귀신 쫓는 굿을 준비하는 것 같았다. 형이 굿할 줄 알아서 다행이다.

"아까 제사 지낼 때 입 벌리고 말했지? 그러니 내일 보면 알아. 눈이 이렇게….”

"아! 싫다고 구하라고!"

형의 이야기는 새벽 2시를 넘기고야 끝이 났다.

"굿 안 해?"

"아까 했잖아.”

"아~~.”

굿이 끝난 줄 알았으면 귀신 이야기는 듣지 않아도 되는 건데. 이불 속으로 쏙 들어갔다. 그런데 잠이 안 왔다. 귀신이 붙으면 잠이 달아난다던 형의 말이 떠올랐다.

'잠이 왜 안 오지? 정말 귀신이 붙었나? 굿했으니 얼른 나갈 것이지, 이놈의 서낭 귀신은 언제 나가려고 이러는 거야?'

허리를 잔뜩 구부리고 옆으로 누워 눈을 꼭 감았다. 눈이 쓰~윽 치켜떠졌다.

"아니야!"

나는 열 번도 더 머리를 흔들며 잠을 청했다. 그러나 점점 정신이 또렷해지면서 눈이 자꾸 치켜떠졌다. '귀신이 붙으면 밤새도록 동네를 돌아다니게 돼. 어딜 다니는지도 몰라'라고 했던 형의 말이 생각났다. 걱정된다.

다리를 만져 봤다. 요 밑에 손을 넣으니, 방바닥이 따끈따끈하다. 발가락까지 조심조심 만져 봤다. '나는 지금 방에 있다. 동네를 돌아다니는 거 아니다. 절대로 아니다' 라고 몇 번이나 중얼거렸다.

외갓집으로 오던 날 꾸었던 꿈도 이상했다. 서낭나무 옆으로 엄청나게 큰 뱀이 스르륵 지나가는 거였다. 사람이 죽으면 새나 뱀이 된다고 형이 말했었다. 작은댁 할아버지가 얼마 전에 돌아가셨는데, 혹시 영혼이 찾아온 건 아닐까? 몸이 오싹했다.

생각해 보니, 서낭나무는 처음부터 나를 노린 것 같다. 혼자 지내니까 심심해서 처음 보는 나를 노렸나? 나무 밑동이 시커멓게 썩어 있는 것도 으스스하다. 도깨비는 움푹 파인 곳에서 산다고 하던데. 도깨비가 아닌 귀신이 그런 곳에서 사나 보다.

'귀신이 안 나갔으면 어쩌지? 엄마한테 굿을 또 해 달라고 해야 하나?'

별별 생각이 든다. 아무래도 형이 한 굿은 소용없는 것 같다. '둥둥둥' 북을 안 쳐서 그럴까? 엄마도 굿할 때 눈이 허옇게 될까?' 내 잘못으로 엄마가 그런 춤을 추어야 한다면 미안하다.

"어쩌지?"

밤새도록 나는 한잠도 못 잤다. 이상한 일이다. 눈을 뜰 때마다 자꾸 눈이 치켜떠졌다. 눈을 내리감았다. 차라리 눈을 뜨지 않는 게 낫나. 눈에 일바나 힘을 주었는시 어지럽다. 눈에서 번쩍번쩍 별이 보인다. 다시 눈을 떴다. 또 치켜떠진다. 무섭다.

"기태야, 일어났냐?"

날이 훤하게 샌 것을 본 것 같은데, 깜박 잠이 들었나 보다. 형의 목소리에 잠이 확 달아났다. 정신이 번쩍 들어서 다리를 살폈다. 귀신은 발이 없어서 약간 높은 상태로 날아다닌다고 형이 말했었다. 내 발은 멀쩡했다. 형을 올려다봤다.

"어라. 눈을 치켜뜨네."

"거짓말!"

"어라~~~."

"아니야!"

"어라, 어라~~."

"으앙!"

"으하하하하하하!"

형이 엄청나게 큰 소리로 웃었다.

"너 겁먹었지?"

형이 내 머리에 손을 얹고 머리카락을 마구 흔들어 댔다. '거짓말이지? 나 귀신 붙은 거 아니지?' 묻고 싶지만, 형에게 질문하는 건 금지다. 김빙 울음을 그칠 수 없었다. 서낭나무가 무서워진 건 그때부터다. 아니, 외갓집이 싫어진 게 그때부터다.

6. 내 친구 기웅이

외갓집을 꼭 가야 한다니, 차라리 방학이 없었으면 좋겠다. 누구랑 좀 이야기했으면 좋겠다. 기웅이에게 전화를 걸었다.

"너는 학원 몇 개야?"

내가 기웅이에게 하고 싶은 말은 '서낭나무가 무서워서 외갓집 가기 싫다'는 거다. 하지만 무턱대고 무섭다고 말하려니 자존심이 상한다. 그래서 학원 이야기로 말을 트는 거다. 그런데 기웅이의 대답은 예상 밖이다.

"학원 안 다니는데?"

머리를 한 대 맞은 것처럼 띵했다. 엄마의 말에 의하면 학원을 안 다니는 애들은 꼴찌들이랬다. 하지만 기웅이는 게임도 1등, 달리기도

1등. 공부도 1등이다. 나는 무엇으로도 기웅이를 이긴 적이 없다. 학원도 안 다니는 기웅이는 수학 문제도 척척. 믿어지지 않았다.

"너, 천재지?"

기웅이가 그런 게 어디 있냐며 웃었다.

"학원도 안 다니는데 1등이면 천재지."

"난 학원 다닐 시간 없어. 학교 갔다 와서 숙제하고, 동생이 유치원에서 돌아올 시간이 되면 데리러 가야 해. 그리고 동화책도 읽어 줘야 해."

"뭐?"

놀랍다. 무엇보다 기웅이가 동생을 돌본다는 게 신기하다. 나는 동생을 돌봐야 하면, '버터칩' 한 봉 사 주고 혼자 놀게 한다.

텔레비전 리모컨을 돌려 어린이 만화도 틀어 준다. 같이 놀아 주고 싶지만, 시간이 없다. 게임도 해야 하고 만화책도 봐야 하니까. 내가 얼마나 바쁜데, 동생을 돌봐?

동생이 징징거리면 무서운 귀신 이야기를 해서 이불을 뒤집어쓰게 한다. 그러면 달달 떨다가 잠이 든다. 엄마가 알면 큰일 나겠지만, 동생을 돌보는 나만의 작전이다.

그런데 기웅이는 동생에게 동화책을 읽어 준단다. 귀찮지도 않나

보다. 바보 녀석, 머리를 써야지. 동생 보는 거라면 내가 한 수 위인 것 같다.

"동생 돌보는 게 재미있냐?"

"뭐, 동생을 돌봐 줄 사람이 나밖에 없으니까 해야지."

"엄마가 매일 늦게 오셔?"

"우리 엄마는 휴일에나 오셔. 엄마가 다니는 회사가 지방으로 내려

갔거든."

나는 문득 엄마가 떠올랐다. '기웅이 아빠도 기웅이 엄마가 지방으로 내려간다고 했을 때, 소리소리 질렀을까? 기웅이 엄마도 기웅이 아빠가 무서워서 지방으로 가겠다고 손을 번쩍 들었을까?' 정말 궁금하다.

"너의 아빠 무서워?"

"아니!"

어라, 이상하다. 탐정의 직감에 의하면 기웅이 아빠가 무서워야 하는데, 아니라고? 그렇다면 기웅이 엄마는 왜 지방으로 갔을까? 하지만 지금 상황에서 더 궁금한 건 기웅이가 돌본다는 동생 이야기다.

"동생 깨워서 세수시키고 머리 땋고 밥 먹이고 유치원 보내고, 비 오면 우산 가지고 데리러 가야 하는데, 그런 걸 다 해?"

"아니. 거의 아빠가 하지. 학교를 다녀온 뒤에는 내가 하고."

"그럼, 게임은 언제 해?"

"심심하면."

"언제 심심한데?"

"동생이 유치원에서 늦게 오거나 일찍 잠들었을 때."

게임을 심심해서 한다고? 재미있어서 하는 게 아니고? 이걸 어떻게 받아들여야 하지? 열심히 머리를 굴리는데, 녀석이 불쑥 말을 이었다.

"아빠가 일찍 오시는 날엔 다 같이 운동장으로 나가서 공놀이도 하고."

"아, 공놀이 좋겠다."

순간 어깨에 힘이 쭉 빠졌다. 엄마의 머릿속에는 공 같은 건 없다. 공부 외엔 입틀막.

아니다. 지금 내가 하고 싶은 이야기는 그게 아니고 귀신 이야기다. 그런데 말이 자꾸 딴 데로 샌다. 정신을 차린다. 이쯤에서 귀신 이야기를 시작해야겠다. 내가 그렇게 생각하고 있을 때, 기웅이가 입을 열었다.

"왜? 넌 아빠랑 공놀이 안 해?"

"응! 아빠랑 공놀이 같이하면 안 무섭고 좋은데."

"뭐, 무서운 거 있어?"

아! 드디어 녀석이 걸려들었다. 이제 귀신 이야기를 시작해야겠다. 이 정도에서 자연스럽게 외갓집 귀신 이야기를 하면 될 것 같다.

"사실은 말이야. 방학 때 외갓집에 가야 하는데, 서낭나무가 무서워. 서낭나무에 귀신이 붙었거든. 으~히잇!"

소변을 보고 났을 때, 후드득 몸이 떨리는 것처럼 갑자기 닭살이 돋았다.

"으흐하하하! 귀신?"

기웅이가 소리 내어 웃었다.

"네가 몰라서 그래. 정말 무섭다고. 귀신이 옆에 있는 줄 모르고 말을 하면 입으로 쏙! 들어가. 그래서 외갓집에 안 가고 싶은 거야."

"안 가면 되잖아."

"동생 세수시키고, 밥 먹이고 머리 땋고 유치원 보내고…. 아이고, 난 그거 못해."

"그게 싫으면 가든가."

"야. 남의 일이라고 쉽게 말하기야?"

나도 모르게 전화를 확 끊어 버렸다. 슬그머니 부아가 났다. 진짜 잘난 체한다. 귀신 이야기가 장난인 줄 아나 보다.

7. 카톡

기웅이한테 카톡이 왔다. 뭐 솔직히 화가 나기도 했지만, 전화를 끊어 버린 건 나도 모르게 손이 한 일이다. 그래도 카톡으로 말을 걸어오다니! 짜~식! 으흐흐, 우린 절친이다.

이럴 땐 '허당'이라는 말도 용서된다. 별 뜻 없는 말이니까. 일단 대답하지 않았다. 내가 진짜 화났다고 생각하는 게 유리하니까.

"짜식! 이럴 땐 카톡이 아니고 전화해야지, 인마."

혼자 중얼거려 본다. 확실히 뭘 모르는 녀석이다. 잠시 후에 다시 '카톡!' 흐흐흐, 괜히 웃음이 나온다. '완전 내 스타일. 음냐. 음냐!' 만

세까지 부르며 문자를 읽는다.

미안해. 미안하다고.

ㅎㅎㅎ, 짜~식! 사실 짜증은 좀 났지만, 엄청나게 화 난 건 아닌데. 녀석이 잘도 속아 넘어간다. 그보다 얼른 기웅이에게 서낭 귀신 이야기를 하고 싶다.

미안하다고. 답장 안 하냐?

연달아 '카톡!' 급하긴! 내가 왜 답장을 안 하겠냐. 할 말이 얼마나 많은데. 문자는 찍지 않고 마음으로 말한다. 이쯤에 빨리 답장해야겠다. 답장이 늦어서 진짜 절교라도 하는 줄 알면 큰일이다.

뭐부터 이야기하지? 화 안 났다고 해야 하나? 용서한다고 해야 하나? 아니다, 서낭나무 이야기를 하고 싶다.

귀신은 사람 옆에 가만히 서 있다가 말할 때 입으로 쏙 들어간다는 것

과, 서낭 귀신이 붙으면 굿을 해야 나간다는 걸 이야기해 주어야겠다.

어, 아니야. 괜찮아.

그런데 나에게 귀신이 붙은 것 같다고 하면 기웅이가 놀랄까? 진짜 허당이라고 소문내면 어쩌지? '이 세상에 귀신이 어디 있냐?' 그렇게 나오면 어쩌지? 용기가 나지 않는다.

동생만 외갓집에 보내라고 말했는데, 엄마가 그건 절대 안 된대.

사실 나는 라면도 안 끓여 봤거든.

동생만 보내려고?

역시 기웅이에겐 동생 이야기가 잘 먹힌다. 녀석은 동생을 잘 돌봐 주니까. 동화도 읽어 주고, 하물며 동생이 일찍 자면 심심하다는 녀석이다. 동생 이야기를 하려는 게 아닌데 괜히 말했나? 일단 밀어붙일까? 가만있자. 다른 이야기를 해야 하나? 기웅이가 관심 있는 게 뭐지? 바람개비처럼 뱅글뱅글 돌아가던 생각이 딱 섰다.

그런데 서낭 귀신이 나를 감시하러 왔나? 머릿속이 하얗다. 공부 시간에 장난하다 들켰을 때처럼. 정신 차리고 동생 이야기를 계속하기로 한다.

다 동생 때문이야. 머리 땋고, 그런 걸 어떻게 하냐고?

동생이 없는 것보다 있는 게 나을걸. 혼자 있으면 엄청 무섭거든.

뭐? 동생이 없으면 무섭다고? 녀석이 지금 무슨 말을 하는지 모르겠다. 그래도 무섭다는 말이 나오니, 정신이 번쩍 난다. 기웅이도 나처럼 귀신 들린 적이 있나? 책꽂이가 사라지고 서낭나무가 우뚝 서 있는 경험을 한 걸까? 동생이 없으면 무섭다는 게 도대체 뭐야. 정말 이상한 녀석이다. 왜 무서운지, 이유를 물어봐야겠다.

뭐가 므|너워?

어라, 녀석이 답이 없다. 휴대전화를 두 손으로 잡고 '야! 야! 야!' 소리치며 흔들었다. 서낭 귀신이 기웅이에게 갔나? 갑자기 왜 말을 못 하지? 힘이 쫙 빠진다. 휴대전화를 들고 콩콩콩 뛰며 한 바퀴 돌았다.

다시 휴대전화를 본다. 문자는 아직이다. '야, 빨리 대답해!' 휴대전화를 흔들며 독촉했다. 그러자 '카톡!' 역시 통한다. 재빨리 휴대전화를 들어 올렸다.

혼자 있어 봤어? 한밤중에 깨면 얼마나 무서운지 알기나 해?

'뭐?'

머리가 띵! 한밤중에 잠이 깬다는 생각은 한 번도 안 해 봤다. 기웅이 말을 들으니, 갑자기 눈앞이 캄캄하다. 한밤중에 혼자 있을 때, 서

낭 귀신이 나를 깨우면 어쩌지? 우물쭈물하고 있는 사이 '카톡, 카톡'
휴대전화가 연거푸 두 번 울렸다.

난 싫어.
혼자는 별로야.
.

점 한 개 찍어 놓고 망설였다. 여름이만 보내면 혼자 다 할 수 있다
고 자신만만했는데, 그 말이 목구멍으로 꼴깍 넘어가 버렸다. 입속에
고여 있던 침까지 꼴깍. 그 사이, 기웅이의 문자가 또 도착했다.

사실 우리 엄마 아빠 이혼했거든. 난 혼자 있는 게 싫어.

뭐? 게임에서처럼 녀석이 내 머릿속에
핵폭탄 투하. 정신이 없다.

엄마 회사가 지방으로 간 게 아니고?

기웅이 엄마 회사가 지방으로 간 게 아니라고? 그러면 우리 엄마 아빠도 이혼하려는 건가? 귀신 이야기하려던 마음이 싹 사라졌다. 서 낭 귀신보다 엄마 아빠의 이혼이 더 무섭다. 기웅이가 나보다 훨씬 무서웠을 거다.

8. 야홋! 내가 대장이다

엄마에게 전화가 걸려 왔다. 오늘 급한 일이 생겨 늦게까지 사무실에서 일해야 하니, 졸리면 먼저 자란다.

"그렇게 늦으세요?"

갑자기 존댓말이 나왔다. 너무 좋아서.

"너, 뭐 잘못한 거 있지?"

"아, 아니야!"

정신이 번쩍 든다. 역시 엄마는 속일 수 없다. 정신을 바싹 차린다.

"동생 잘 봐! 숙제도 다 해 놓고."

"네에!"

아주 공손하게 대답했다. 그렇지만 속으로는 '앗싸!' 좋아서 죽을

뻔했다. 화상 전화였다면 들통났을 거다. 내가 주먹을 흔들며 연거푸 '앗싸!'를 외쳤으니까. 싱글벙글 입술 사이로 자꾸 웃음이 삐져나와 정말 참기 힘들었다.

오늘 볼 만화는 며칠 전에 기웅이한테 빌린 거다. 지난번에 약속을 어겨서 안 된다는 걸 싹싹 빌어 겨우겨우 빌렸다. 빌리는 데 조건이 두 개 있다. 첫째는 만화방에 내가 반납하는 것이고, 둘째는 다음 주 내 용돈으로 '절대 못 해. 봉기리'라는 만화를 빌려서 같이 보는 거다.

만화를 집에서 본다는 건 애초에 기대한 적이 없다. 엄마가 내 방으로 들어와 감시하니까.

지난번에 엄마한테 걸리고 난 뒤로 혹시 방에 몰래카메라가 있나 하고 샅샅이 살펴봤다. 찾을 수 없었다. 나를 감시하는 건 서낭 귀신보다 엄마가 더 귀신같다.

엄마가 잠들면 보려고 작전을 세운 적도 있다. 일찍 자겠다고 말하고 잠자는 척! 엄마가 이불을 덮어 주며 '얘가 오늘은 무척 피곤한 모양이네!' 할 때까지는 깨어 있었다. 하지만 진짜로 잠들어서 실패. 그후, 집에서 만화책을 보는 건 포기다.

그런데 이게 웬 떡. 아니 이게 웬 피자. 엄마가 회사에서 늦는다고? 만화책을 집에서 볼 수 있단 말이지?

신난다. 주먹 쥔 손을 머리 위로 흔들며 '으라쌰쌰! 으히히히!' 오늘 엄마가 진짜 많이 늦는다고 하지 않았나.

여름이도 걱정 없다. 내가 누구냐. 여름이가 좋아하는 버터칩, 스핑글, 메몬 맛 캐러멜, 녹차 틴틴을 샀다. 용돈이 다 털려 나가도 좋다.

집에 돌아오자마자 여름이를 텔레비전 앞에 앉히고 과자 한 보따리를 풀어 놓았다. 마침 '점박이 한반도의 공룡2'가 나오고 있었다. 만화책만 아니면, 나도 보고 싶다.

"됐지?"

여름이는 뜯어 달라며 버터칩을 내밀며 웃었다. '아하, 그 정도야' 나는 얼른 과자 봉지를 뜯었다. 그러고는 재빨리 내 방으로 들어와 숨겨 온 만화책을 꺼냈다. 겉표지를 넘기지도 않았는데, 가슴이 쿵덕 거린다. 신났다는 증거다.

만화책 한 권을 채 보지 못했는데, 여름이가 내 방으로 왔다. 공룡 이야기가 재미없단다.

"공룡 이야기 재미있는 거야!"

"싫어, 무서워."

여름이가 소리 질렀다.

"그거 진짜 재미있단 말이야!"

나도 같이 소리 질렀다. 짜증 났다.

"싫어. 으앙!"

큰일 났다. 이리저리 리모컨을 돌려 봤지만, 오늘따라 여름이가 좋아하는 신데렐라, 잠자는 공주 같은 건 나오지 않았다.

"난 동화책이 더 좋단 말이야."

"네가 읽어. 난 바빠."

"으앙!"

"아, 알았다고!"

여름이가 기다렸다는 듯이 동화책을 내밀었다. 제목이 무엇인지 난 모른다. 알고 싶지도 않다. 난 바쁘니까. 일단 책을 펼쳤다. 뽀로로 그림이다. 유치하다.

"이거 재미없어. 유치원 이야기해 줄게."

여름이가 눈을 반짝이며 내 앞으로 다가앉았다.

"유치원 가다 보면 아파트 지나서 미루나무 하나 있지? 거기 아저씨들이 그물을 쳐놓았어. 아주 무섭거든."

"귀신 이야기 싫어."

여름이가 소리 질렀다. 귀신 이야기를 너무 많이 해 줘서 눈치채는 것 같았다. 아무래도 다른 이야기로 바꿔야겠다.

"옛날 옛적에 아주 귀엽고 예쁜 꼬마 신랑이 살았어. 두꺼비 신부는 착하고 맛있는 반찬을 아주 잘했어. 그런데 꼬마 신랑의 키가 안 크는 거야…."

내가 지금 무슨 이야기하는지 모르겠다. 그렇지만 여름이는 '헤헤헤' 재미있다고 웃었다.

"꼬마 신랑 집 옆에는 미루나무 한 그루가 있어. 엄청나게 큰데 나이를 너무 많이 먹어서 밑동이 썩었어. 그런데 어느 날 살펴보니, 그 속에서 파란 불이 빛나고 있었어. 그래서 살며시 다가가 보았지. 그러자 도깨비가…."

"으앙."

여름이는 귀신 이야기를 하게 될 거라는 걸 귀신같이 알아챘다.

"미안, 미안. 다른 이야기해 줄게."

"으앙! 오빠 미워. 싫어. 오빠 미워! 으앙."

그날 저녁, 만화 보는 게 다 뭐야, 여름이는 엄마가 올 때까지 울음을 그치지 않았다.

"너, 동생 잘 보라고 했더니!"

엄마의 눈이 왕방울만 하게 커졌다. 동생은 내가 못 당할 만큼 질기게 울었다. 본래는 안 그랬는데.

9. 두레박 우물

방학이 코앞으로 다가왔다.

'으휴, 외갓집에 꼭 가야 하나?'

외갓집은 고택이다. 부엌 옆에 두레박 우물도 있다. 옛날에는 여기서 물을 길어 밥을 지었다며, 할머니는 가끔 한쪽이 쩍 갈라진 나무 두레박으로 물을 퍼서 마당에 훌훌 뿌렸다.

"맞아, 담이 높아서 우물가에서는 서낭나무가 안 보여!"

나도 모르게 슬쩍 웃음이 나왔다.

"그래, 우물가에서 놀면 되겠다."

서낭나무가 무서웠는데, 두레박 우물을 생각하니 안심이 좀 된다. 어렸을 때부터 우물 속이 참 궁금했다. 그래서 곧잘 아빠의 팔에 안

겨 들여다보곤 했다. 우물은 깊은 곳에 거울 하나를 숨기고 있었다. 그것은 늘 아빠와 나를 비춰주었다. 하얀 구름과 파란 하늘이 배경이다. 두레박이 풍덩 빠지면 거울이 파드득 깨졌다. 그리고 그 속에서 물이 나왔다. 우물 속 거울과 진짜 거울이 다르다는 것을 그때 알았다.

"두레박으로 물 한 바가지 퍼서 마시면 시원했지. 여기서 빨래도 했는데…."

"지금도 하면 되잖아요."

내 말에 할머니가 한숨을 쉬었다.

"상수도가 있어 쓸 일도 없지만, 우물물이 오염되어 먹지 못한단다. 땅이 속앓이하는 모양이니. 쯧쯧."

다음에 갔을 때, 우물은 반달 모양의 나무 뚜껑 2개로 완전히 덮여 있었다.

하지만 우물에 대한 나의 관심은 여전했다. 어렸을 때는 까치발하고 허리를 붙인 채 우물 속을 살폈다. 그러면 할머니가 놀라서 붙잡았다. 우물가에서 뒤꿈치만 들어도 거꾸로 떨어져서 죽는다고 야단했다.

다 옛날이야기다. 내가 보기엔 할머니 걱정도 괜한 것이다. 어차피

외갓집에 가야 한다면 가는 거다. 심심하면 두레박으로 물을 퍼서 동
서남북으로 홱홱 뿌릴 거다. 서낭 제사 때 청소한다며 물을 뿌린 할
아버지처럼, 서낭 귀신이 할머니 댁에 얼씬도 못 하게, 연실 물을 퍼
올려 마당 청소하는 거다.

우물에 도르래가 달려 있어서 힘도 안 든다. 스르륵 올라오는 두레박.

"이 도르래가 옛날부터 있었어요?"

내 질문에 할머니는 기다리기라도 한 것처럼 활짝 웃었다.

"이건 돌아가신 할아버지가 만드셨지."

갑자기 할머니의 얼굴에 슬픔 같은 게 툭 지나갔다. 그 모습을 보고 있자니, 코끝이 찡했다. 보고 싶은 사람이 있다는 건 그리움 때문이라고 아빠가 말했었다. 할머니는 할아버지를 보고 싶어 하는 거다.

"외할아버지가 얼마나 자상한 분인지 아니? 나를 위해 도르래를 구하러 온 사방을 찾아다니셨단다."

"철물점에 가면 있는데."

할머니는 내 말에 손을 홰홰 둘렀다.

"40년도 넘은 이야기야. 도르래를 구하러 강릉 시내 안 가 본 대장간이 없다고 하셨지. 괜찮다고, 두레박이 작아서 안 무겁다고 해도 기어이 구해오셨지."

"대장간에서 그런 걸 팔아요?"

"그래, 그땐 철물점이 없었고, 쇠로 된 물건은 대장간에서 팔았어. 그래도 도르래는 구하기 쉽지 않았어. 가정에서 흔히 쓰는 물건이 아니니까."

"그러면 도르래 우물도 흔하지 않았겠네요?"

"당연하지. 이 동네에서 도르래 우물은 여기뿐이었어. 동네 아주머니들이 구경도 많이 왔지. 두레박이 스르르 올라오는 걸 보고 얼마나 부러워서 했는데."

할머니는 벌겋게 녹슨 도르래가 금덩어리라도 되는 것처럼 눈을 가늘게 뜨고 지긋이 바라보았다.

"각개 나무를 산에서 베 오는 건 뭐 쉬운가? 직접 산에 가서 베어 와야 했으니까"

"각개 나무가 뭐예요"

"흐흐흐. 각개, 각개."

할머니가 두 팔로 X를 만들어 보이며 '각개'를 외쳤다.

"아하! 가위표요?"

양쪽에 각각 두 개의 통나무를 X자로 세워 만든 기둥을 가리키며 내가 말했다. 그러니까 각개 나무는 도르래를 달기 위해 세운 기둥이었다.

"그래그래. 할아버지는 이걸 각개 나무라고 하셨어. 하하하."

웃으시는 줄 알았는데, 할머니가 슬쩍 눈물을 훔쳤다. 그런 할머니의 모습에 가슴이 찡해왔다.

　어렸을 적에 돌아가셔서 기억에도 없는 할아버지가 갑자기 보고 싶었다. 할머니가 두레박으로 물을 퍼 올리는 건 심심풀이가 아니라 그리움인가 보다. 도르래로 할아버지의 그리움을 퍼서 주변에 훅! 뿌리는 것 같았다.

10. 귀신보다 무서운 거

"그럴 거면 집에 오지도 마!"

엄마가 소리 지르며 들고 있던 전화기를 침대 위로 팽개쳤다. 분명 엄마는 아빠와 통화 중이었다.

"헉!"

내 몸이 얼어붙는 순간이다. 기웅이 이야기가 머릿속을 맴돈다. 엄마의 회사가 지방으로 간 게 아니고, 사실은 엄마 아빠가 이혼했다는 그 이야기.

큰일 났다. '아빠랑 왜 싸웠어?' 확인하고 싶다. 엄마에게 물어볼까도 생각했지만, 그만두기로 했다. 분명 내가 상관할 일이 아니라고 할 거다. 아니면 나를 붙잡고 또 한 시간 이상 이야기할지도 모른다.

그러면 무조건 엄마 편이 되어야 할 거다. 아니면 필시 괴로울 거니까. 나도 편하게 사는 방법이 뭔지 안다. 그렇다고 지방으로 간 아빠가 걱정스럽지 않은 것은 아니다. 몰래 아빠한테 전화를 걸었다.

"아빠! 언제 와?"

"응. 좀 바빠. 이번 주 말고 다음 주말에나 가야지. 왜? 무슨 일 있어?"

역시 내 예상이 맞았다. 아빠는 이번 주말에 오지 않는다. 엄마가 '그럴 거면 집에 오지도 마' 했으니까 못 오는 거다.

"아니. 그냥!"

내가 얼른 얼버무렸다.

"엄마 말 잘 듣고, 동생도 잘 봐주고. 알지?"

아빠가 나에게 당부한다. 아빠는 나보고 엄마 말을 잘 들으라 한다. 눈치껏 살라는 이야기다. '엄마랑 이혼하는 거 아니지?'라는 말이 입안에서 뱅뱅 돌았다. 아빠가 전화를 끊으면서 다음 주에 보자고 했다. 다음 주에 보자고 하니, 조금 위안이 된다. 엄마가 있는 안방으로 갔다.

"왜?"

나 때문에 싸운 걸까? 엄마가 나를 쏘아보는 것 같다. 눈빛이 무섭다.

"피곤해 보여서. 안마해 줄까?"

내가 엄마 뒤로 가서 어깨를 꼭꼭 눌렀다.

"얘가 왜 안 하던 짓을 하고 그래!"

'안 하던 짓?' 내가 하고 싶은 말이다. 엄마는 왜 안 하던 짓, 그러니까 이혼 깊은 시름 이러는지 모르겠다. 요선에 내가 기웅이와 전화하다가 확 끊었을 때도 '제발 좀 싸우지 마라'고 말해 놓고 꼭 싸운다. 나는 싸운 것도 아닌데. 일단, 모르는 척하기로 한다.

"응! 학교에서 배웠어. 엄마 힘들 때 안마해 드리래."

내가 거짓말을 찍어 댔다. 엄마의 눈치를 살피면서 말이다.

"됐어! 가서 공부나 해."

"진짠데!"

나는 그렇게 말하면서 비실비실 안방에서 나왔다. 엄마가 엄청나게 화가 나 있을 때는 피하는 게 상책이다. 잘못하면 파편을 맞을지 모른다.

"여름아. 오빠가 동화책 읽어 줄까?"

"정말?"

처음 해 본 말이다. 이거야말로 안 하던 짓이다. 여름이가 쪼르르 달려왔다.

"읽고 싶은 책 가지고 와."

여름이는 나하고 전혀 다르다. 쪼끄만 게 책을 왜 그렇게 좋아하는지, 귀찮아 죽겠다. 하지만 이럴 땐 최고다.

"네 방으로 가자."

그렇게 말해 놓고는 여름이에게 소곤소곤.

"여름아, 지금 엄마 무척 화났거든. 무조건 조용조용 하는 거야! 아니면 큰일 나."

"왜?"

"아빠랑 싸웠거든. 그러니까 쉿. 알았지?"

여름이가 검지를 제 입에 세웠다. 눈치 빠른 동생. 다행이다. 하지만 동생의 한계는 여기까지. 내가 동화책을 열심히 읽어 주는데, 여름이가 갑자기 주방을 향해 소리쳤다.

"엄마는 아빠랑 왜 싸웠어?"

"야! 그걸 말하면 어떡해!"

내가 얼굴을 찡그렸다.

"뭐? 아빠가 전화했든? 내가 못 살아!"

엄마가 대답했다. 갑자기 어지럽다. 엄마가 말한 '못 살아!' 그 말 때문이다. 얼굴에 핏기가 가신다는 말을 내가 체험하고 있다. 동생이 상황판단을 했는지, 울상이 되었다.

"그런 말 하면 어떡해. 엄마 아빠 이혼할지도 모른단 말이야."

내가 목소리를 낮추고 책상을 두드리는 시늉을 했다. 여름이 눈에 눈물이 그렁그렁하다. 아니 '으앙' 울음을 터트렸다. '쿵쿵쿵!' 소리 내 며 엄마가 왔다.

"왜 그러니? 너희, 싸웠니?"

"아니, 아니야!"

내가 여름이를 감싸 안으며 말했다.

"여름이 왜 울어?"

"엄마 아빠 이혼할 거라며? 으앙 싫어. 싫어!"

내가 여름이 입을 막으려 했지만, 일이 터지고 말았다.

"내, 내가 언제?"

"오빠가 금방 그랬잖아!"

엄마가 나를 빤히 봤다. 나도 울고 싶다. '으앙' 여름이처럼 울고 싶 다.

"아니야!"

엄마가 다가와 여름이와 나를 껴안았다. 그리고 조용조용 설명했다.

"사실은 엄마가 이번에 외국으로 출장 가게 되었어. 그런데 그때

외할아버지 제사가 있거든. 그래서 제사 전날 가 달라고 부탁 좀
했더니, 아빠가 못한다는 거야. 그래서 엄마가 화를 냈지. 그래서
그런 거야. 싸우긴 왜 싸워. 그런 거 아니야."

"정말? 이혼하는 거 아니지?"

"아니야. 그런 거."

엄마가 아랫입술을 깨물며 나에게 눈을 흘겼다. 그리 무서운 표정
은 아니다.

"아!"

내가 알겠다는 듯 고개를 끄덕였다. 여름이도 끄덕끄덕!

그런데 엄마가 갑자기 고개를 휙 돌리며 말했다.

"에휴! 나도 모르겠다."

"뭐? 뭘 몰라? 이혼 그거?"

내가 눈을 크게 떴다. 엄마가 대답도 안 하고 벌떡 일어나서 나갔
다. 어른들 말은 이해할 수가 없다.

11. 물고기 사냥

"출장 가기 전에 굿해 달라고 할까?"

수없이 생각했다. 엄마는 굿을 잘할 거로 생각하면서. '엄마한테 부탁하면 들어줄 거야!' 형이 그랬었다. 하지만 내가 보기엔 아니다. 엄마는 귀신에 대해 한 번도 말한 적이 없다. 엄마는 귀신을 모른다. 그러니 귀신을 보내는 굿 같은 건 할 줄 모를 거다. 엄마가 형처럼 눈을 뒤집고 춤을 춘다는 건 상상도 안 된다. 엄마는 절대 못 한다. 내 생각에는 그렇다.

더 큰 문제는, 내가 서낭 제사 때 떠들었다는 거다. 내가 말을 많이 해서 귀신이 입으로 들어 온 걸 알면, 엄마가 가만있을까? '제사 지내는데 왜 떠들어? 어디서 배운 버릇이야? 내가 못 살아'라며 난리 칠 거다.

"다른 방법 없나?"

"없어!"

누군가가 대답했다. '으으으' 갑자기 몸에 소름이 돋는다.

안 되겠다. 차라리 외갓집에 가서 형에게 다시 부탁해야 할 것 같다. 북을 치면서, 굿을 제대로 해 달라고 부탁하는 거다.

"얼른 타!"

방학하는 날, 집에 돌아오자마자 엄마가 기다렸다는 듯이 차를 타라고 했다. 짐은 벌써 차에 실었다.

"알았어!"

"오호, 그래. 처음부터 그러면 좋잖아?"

내 속 타는 건 모르고 편한 소리만 한다. 차에 올랐다.

"기태는 기분이 안 좋은 거 같다. 뭣 때문에 삐졌냐?"

고개만 좌우로 흔들었다. 외갓집에 가면서 이렇게 심각했던 적은 없었다. 엄마가 자꾸 고개를 갸웃거렸다. 그래도 서낭 귀신 때문이라는 말은 안 할 거다.

"왜 그래? 억지로 가는 거면 말해."

엄마가 답답하다는 듯 물었다.

'억지로?'

웃긴다. 안 간다고 하면 가만두지도 않을 거면서 딴소리다. 싫다고 할 때는 이유를 대라고 난리 쳤으면서. 하여튼 못 말린다. 눈치 없이 말할 내가 아니다. 형에게 굿해 달라는 계획 같은 건 절대로 말 안 할 거다.

외갓집이 보이자, 나는 서낭나무에 눈을 고정했다. 나무가 감고 있던 빨강 파랑 노랑의 색동천도, 늘어져 있던 새끼줄도 없다. 지난번에는 나무 기둥이 온통 울긋불긋했는데, 왜 치웠을까? 서낭 귀신이 나한테 붙어서 천 따위가 필요 없어진 걸까? 궁금하다. 궁금하다. 궁금하다. 하지만 난 질문은 하지 않을 거다. 엄마나 엄마와 닮은 사람에게는 절대로.

　"일찍 왔네. 형이랑 물고기
잡으러 가자. 너 오기 전에
고기 잡아 놓으려 했는데."

　나를 보자마자 형이 물고기
를 잡으러 가자고 한다. 창고
에서 족대를 살피던 형이 내
게 손가락 신호를 보내왔다.
검지손가락을 까딱.

고기 바구니를 들고 따라오라는 뜻이다. 나는 소쿠리를 들고 바짝 따라붙었다. 이곳에선 어디를 가든 서낭나무 옆을 지나가야 한다. 떨린다.

마당을 나서는데, 여름이가 손을 흔들었다. 내 마음을 아는지 '오빠! 빨리 갔다 와' 한다. 나는 고개만 끄떡였다. 서낭나무가 보이는 곳에서는 말하면 안 되기 때문이다.

서낭 제사를 지내던 날, 형은 손짓하거나 고개를 갸웃거리기만 했다. 제사 지낼 때 말하면 안 된다는 걸 알고 있으면서 내게는 알려주지 않았던 거다. 형을 슬쩍 쳐다봤다. 휘파람을 불고 있다. 요즘 유행하는 '테스 형'이라는 노래 같다. 형도 형이 필요할까? 하지만 말은 하지 않는다. 서낭나무가 보이는 곳이니까.

형이 가자고 한 곳은 서낭나무 옆에 있는 개울이다. 나는 입을 꼭 다문 채 재빨리 서낭나무를 올려다봤다. 형이 놀릴까 봐 내색은 안 했지만, 속이 달달 떨렸다. 얼마나 세게 어금니를 물었는지 턱이 얼얼했다.

위쪽으로 올라가자, 물길이 두 갈래다. 하나는 서낭나무가 내려다보이는 개울, 나머지는 산모퉁이를 돌아간다. 형은 서낭나무가 보이는 쪽을 가리켰다. 이유 같은 건 필요 없다. 나는 서낭나무가 보이는 쪽은 싫다. 그렇지만 입을 벌려 말할 수 없었다.

"이 개울은 1급수야. 가재가 살고… 옛날에는 고기가 많아서… 고
모부가 농촌 일손 돕기를 왔다가 고모를 여기서 처음 만나…."

형은 쉴 새 없이 중얼거렸다. 형이 말하는 고모는 엄마이고, 고모
부는 아빠다. 서울 사람인 아빠가 어쩌다 이곳까지 와서 무서운 엄마
와 친해졌을까? 궁금하지만 형에게는 묻지는 않는다. 나중에 아빠에
게 물어봐야겠다.

열심히 뭔가를 설명하던 형이 '다 왔다'며 족대를 내렸다. 도랑의
양옆으로 물풀이 제법 많다. 물이 맑아 풀의 뿌리까지 보인다.

여기까지 올라오는 동안 형은 엄청나게 많은 말을 했다. 하지만 나
는 거의 듣지 못했다. 아빠와 엄마 이야기만 어쩌다 들었을 뿐. 나는
줄곧 서낭나무만 훔쳐보고 있었으니까.

족대는 형, 나는 고기 몰이 담당이다. 형은 내게 시범을 보인다며
다리를 벌리고 섰다. 그리고는 '우!' 하면서 한쪽 발로 두 번씩 물풀을
밟아댔다. 어려워 보이지는 않았다.

"알았지?"

내가 고개를 끄떡였다. 나는 '우!'는 안 할 거다. 말을 하면 안 되니
까. 형이 도랑 아래로 내려가 족대를 가로질러 댔다.

형이 가르쳐 준 방법으로 물고기 몰이를 시작했다. 마음속으로
'우!' 하면서 한 발로 물풀을 두 번씩 밟아대기. 허부적, 허부적.

도랑물이 흙탕물로 변했다. 어디를 밟아야 할지 알 수가 없었다.
더 큰 문제는 입을 꼭 다물고 있어야 하는 거다. 숨은 코로만 쉰다.

'그러니까 서낭나무가 안 보이는 쪽으로 갔으면 좋잖아'

이 말도 혼자 생각할 뿐이다. 물이 튀어 엉덩이를 다 적셨지만, 어

쩔 수 없다. 드디어 형이 족대를 들어 올렸다.

"우와, 제법인데."

형이 빨리 소쿠리를 가져오라고 했다. 비늘이 반짝반짝한 붕어가 한 움큼이다. 대박이다.

문제는 서낭나무다. 나는 형에게 '정말 서낭나무에 귀신이 있었느냐'고 묻고 싶다. 아니다. 엄마, 외할머니, 형을 빼고 다른 사람에게 물어야 한다. 형에게 물으면, 다른 귀신 이야길 늘어놓을 것 같다. 무시무시한 귀신 이야기를 뭉텅이로 토해 놓을 것 같다. 그냥 참는 게 낫다.

저녁이 되자, 부엌에서 구수한 매운탕 냄새가 온 집안을 들쑤셨다. 침이 꿀꺽 넘어갔다. 그래도 난 싫다.

"안 먹어?"

나는 머리를 세차게 흔들었다. 서낭나무 보이는 물에서 잡은 고기는 먹기 싫다. 슬며시 부엌을 지나 두레박 우물이 있는 곳으로 나왔다. 서낭나무 쪽을 힐끗 확인했다. 다행이다. 내 키보다 높은 담 때문에 아무것도 보이지 않았다. 우물 옆에 쪼그리고 앉았다. 마음이 편하다.

12. 형! 구해 줘

줄곧 우물가에서 놀다가 형 방으로 왔다. 형은 방학 동안 알바를 시작했다며 이른 저녁을 먹고 나갔다. 형 방에 혼자 있기가 무서워서, 할머니 방에 있는 여름이와 놀아 주기로 했다. 엄마가 챙겨 넣은 동화책 몇 권이 가방 속에 있다.

"동화책 읽어 줄까?"

여름이가 '정말?' 하며 웃었다. 봉사활동을 하는 것처럼 나도 괜히 좋았다. 동생이 읽어 달라는 책은 〈안데르센 동화〉와 〈인어공주〉다. 첫 장을 넘기자, 인어들과 다른 생물들이 자유롭게 헤엄을 치는 그림이 나왔다.

"여름아. 바닷속에는 인어공주 말고도 많은 인어가 살고 있어. 왕이랑 왕비도 있으니까, 인어 나라가 있는 거야."

"와! 오빠는 그런 것도 다 알아?"

동생이 엄지척을 해 보였다. 괜히 쑥스럽다.

"그러나 왕자의 사랑을 받지 못하게 된 인어공주는 물거품이 되었네요."

이야기가 끝나자, 여름이가 흑흑 흐느끼며 울었다.

"그렇게 슬퍼?"

"응. 오빠가 읽어 준 동화가 이 세상에서 제일 재미있어."

여름이가 또 한 번 엄지척을 해 보였다. 기분이 좋다. 앞으로는 나도 기웅이처럼 동생에게 책을 많이 읽어 주어야겠다.

형이 늦게 오는 바람에 나는 할머니 방에서 잠들고 말았다. 아침에 잠이 깨자, '어차피 방학은 많이 남았으니까!' 하며 혼자 중얼거렸다.

"잘 잤냐?"

점심때가 다 되어 일어난 형이 말을 걸었다.

"응!"

"네가 여름이에게 동화책을 그렇게 잘 읽어 준다며?"

"아닌데!"

"할머니가 고모한테 전화하던데? 철들었다며 얼마나 칭찬하시던지.”

“형, 오늘은 몇 시에 들어와?”

“왜?”

“그냥. 형 방에서 자려고!”

“일찍 올게. 10시까지 기다릴 수 있지?”

고개를 끄덕였다. 무조건 기다린다. 하루라도 빨리 굿을 해야 한다. 하지만 저녁 9시경 형이 전화했다.

“어쩌냐. 10시까지 갈 수가 없네. 그냥 할머니 방에서 자라. 대신 내일 쉬는 날이니까 아침부터 놀자. 무조건 형 방에 와.”

화가 막 치밀어 올라 눈물이 나려는 걸 겨우 참았다. 늦더라도 형 방에서 기다려 볼까도 생각했지만, 혼자 있는 게 무서워서 그만두었다.

다음 날 아침, 형을 만나자마자 ‘형. 굿해 줘’ 하는 말부터 했다. 그게 외갓집에 온 목적이니까.

“뭐?”

“내가 왜 여기에 온 줄 알아? 엄마는 굿 못 해. 형이 해 줘.”

형 표정이 묘하다. 꽤 놀란 것도 같다. 하지만 금방 피식 웃었다.

“그런 거 없어!”

형이 말했다.

"나도 다 알아. 1등급은 하늘에 사는 신, 2등급은 조상신 할아버지, 3등급은 이순신처럼 싸움 잘하는…. 말해서 귀신이 입으로 쏙 들어갔는데, 제사떡도 먹지 않았잖아? 굿하지 않으면 귀신이 몸에서 나가지 않는다고!"

"야야, 그건!"

"형이 그랬잖아."

"야. 기태야. 그건 너 놀려주려고…."

"아니야, 서낭나무가 우리 집까지 쫓아다닌단 말이야! 책꽂이가 사라지고, 그 자리에 서낭나무가 나타났단 말이야."

"뭐?"

"그러니까 형이 귀신 쫓는 굿을 해 줘. 형 책임이니까."

"그게 왜 내 책임이야?"

"형은 내 옆에 귀신이 서 있는 걸 보고도 쫓아 버리지 않았잖아? 말하면 귀신이 입으로 들어간다는 걸 알면서 말 안 해 줬잖아. 그러니까 형 책임이지. 엉엉. 책임져."

내가 울면서 형에게 대들었다.

"야야. 그건. 내가 그냥 너 놀리려고 한 거야."

"거짓말 같은 거 안 통해. 난 다 알아. 1등급은 하늘에 사는 신, 2등급은 조상신 할아버지, 3등급은 이순신처럼 싸움 잘하는…. 굿을 하지 않으면 귀신은 몸에서 나가질 않는다고!"

말하면서 생각했다. 내가 엄마 아들이 맞는 거 같다고. 지금까지 모르고 있었는데, 나도 말을 외워서 하는 버릇이 있다는 거다.

"기태야, 잘못했어! 형이 잘못했어!"

형이 두 손을 싹싹 빌며 말했다. 그런 말로는 절대 안 통한다. 거짓말쟁이!

"형이 봤다며? 내 입으로 쏘옥!"

"야! 한 번만 봐주라"

"굿을 안 해 주려고 그러는 거지? 다 알아."

형이 엄청 곤란한 듯 멍하니 서 있다가 말했다.

"알았어. 굿해 줄게. 따라와!"

형이 다락에 있는 북을 꺼냈다. 북을 쳐야 한다고 그러더니, 이번에 제대로 하려나 보다. 이마에 검은색 끈도 동여맸다. 형이 북을 치기 시작했다. 내가 보기엔 학교에서 보던 난타 공연 같았다.

형이 경중경중 뛰기 시작한다. 눈을 치켜떠서 흰자만 보인다. 형이 허연 눈으로 나를 힐끗거렸다. '타악 타닥타닥타닥 탁탁! 타닥타닥타닥 탁!' 한참 동안 북을 치더니 껑충 뛰어오른다. 내려올 때, 다시 '타 타악탁!' 내리친다. 소리가 얼마나 큰지 귀가 터지겠다.

"됐지?"

형의 말에 고개를 끄떡였다. 그런데 뭔가 찜찜하다.

13. 앗! 속았다

외갓집에 온 지 겨우 2주하고 며칠 더 지났는데, 1년도 더 된 것 같다. 아빠에게 오늘 온다고 연락이 왔다. 5일 후엔 엄마도 온다. 하지만 아빠가 오면 당장 집으로 가겠다고 할 참이다. 굿도 끝냈으니까.

아빠가 오는 길을 머릿속으로 그려봤다. 고속도로를 타고 오다 강릉 톨게이트를 빠져나와 크게 한 바퀴 돌면 마을 길이 나온다, 개울을 따라 달리면 마을회관이 나오는데, 그 앞에 승용차 한 대가 겨우 건널 수 있는 다리가 있다. 난간도 없는 시멘트 다리다.

다리를 건너면 개울둑에 큰 나무가 한 그루 서 있다. '으이!' 바로 서낭나무다. 서낭 제사 때 나눠 먹는 떡이 붉은팥 시루떡. 그날 먹기만 했어도….

'붉은팥 시루떡을 다 먹었으면 진짜 괜찮았을까?'

귀신 이야기는 정말 싫다. 앞으로는 여름이에게 귀신 이야기는 끝이다. 무조건 잘 돌봐줄 생각이다. 기웅이처럼 동화책도 많이 읽어주고, 비가 오면 우산 가지고 데리러 갈 거다. 같이 공놀이도 할 거다. 귀신 이야기를 해서 여름이를 강제로 재운 것이 엄청나게 후회된다.

아빠가 도착했다. 그렇지만 오늘 당장 집으로 가는 건 글렀다. 할아버지 제사 때문이다. 엄마 아빠를 싸우게 했던 그 제삿날. 할머니와 함께 제사 준비하려고 아빠가 서둘러 왔다고 했다.

다행이다. 아빠는 엄마가 시키는 대로 하니까. 아빠 엄마가 이혼 같은 건 안 할 거 같다. 그렇지만 빨리 집으로 돌아가고 싶다.

'제사를 꼭 지내야 하나? 제사 때 외할아버지 유령도 올까?'

아이고, 무서워. 할아버지 유령을 만나면 어쩌지? 집에 빨리 가고 싶다.

외갓집에 도착하자마자, 아빠가 밤을 까기 시작했다. 할머니는 제사상에 올릴 과일의 윗부분을 동그랗게 깎아 놓았다. 서낭 제사 후로는 동그랗게 깎은 것만 봐도 무섭다.

"과일을 왜 저렇게 깎아?"

아빠에게 물었다.

"응. 저걸 촉식이라 해. 영혼은 몸이 없어서, 눈으로라도 맛을 보라고 그러는 거야."

"촉식?"

아빠가 고개를 끄덕이며 웃었다. 역시 아빠의 대답은 간단해서 좋다. 입으로 쏙 들어간 귀신 이야기를 해도 아빠가 웃을까? 아빠는 어른이니까 겁먹지 않겠지? 아니다. 무서운 이야기는 천천히 해야겠다. 서낭 제사 지낼 때의 궁금증이 아직 한 무더기다.

"제사 지낼 때 왜 사람들이 엎드려 있어?"

"차려 놓은 음식 드시라고 시간을 드리는 거야."

"음식을 먹는다고?"

"차려 놓은 것 드셔야지."

아빠의 대답을 듣는 순간, 서낭 귀신이 생각났다. 가만히 앉아서 차려 놓은 떡이나 먹을 것이지, 왜 내 옆에 서 있었을까?

"서낭 귀신은 떡 안 먹어?"

"떡? 아! 서낭 제사는 마을의 평화를 기도하는 거야. 옛날 산속 마을에선 도둑이 제일 무서웠대. 마을 사람들이 어려운 일이 있을 때 서로 돕자며 제사 지낸 거야. 협동심도 기르고."

"그럼, 도가는 뭐야? 도둑이야?"

엄청나게 헷갈리게 했던 도가. 서낭 제삿날 할머니에게 들었던 말이다.

"아니야. 마을을 대표해서 서낭 제사를 지내는 사람을 도가라고 불러."

"붉은팥 시루떡은?"

이참에 아빠에게 다 말해야 한다. 나에게 서낭 귀신이 붙었다고. 그러면 아빠가 진짜 굿을 해 줄지 모른다. 아빠도 눈을 뒤집고 춤을 출까? 목소리가 자꾸 기어들어 간다.

"붉은색은 귀신을 쫓아. 그래서 도가는 동네에서 가장 붉은 깃털을 가진 닭을 고르지. 닭 주인은 무조건 내어주는 게, 이 마을의 풍습이야."

나는 그런 대답을 바라지 않았다. 이번에는 내가 소리쳤다.

"빨간색 닭 아니었어! 삼계탕같이 희던데, 뭘!"

나는 삼계탕처럼 다리와 팔을 꼬며 말했다.

"아! 음식으로 올릴 때는 털을 뽑으니까, 흰색으로 보이지."

"그래서 귀신이 붙은 거야?"

내 말에 아빠가 빤히 쳐다보았다. 어느새 내 눈에는 눈물이 그렁그렁 고였다. 더는 미룰 수 없다. 서낭 제사 때 내가 떠드는 바람에 옆에 서 있던 귀신이 붙었다고. 굿을 해야 한다고.

"아빠! 귀신이 내 입으로 쏙…."

울음이 나오려는 걸 참느라 말을 이을 수가 없었다. 서낭 귀신 이야기는 정말 무섭다.

"형이 그러든?"

나는 고개만 끄덕였다. 아빠가 나를 끌어당겼다. 그러고는 허리를 굽히며 물었다

"외할아버지 얼굴 기억나?"

나는 고개를 좌우로 흔들었다. 답답하다. 서낭 귀신이 입으로 들어갔다는데 외할아버지는 왜 찾아? 오늘 제사에 할아버지 유령이 온다는 걸까? 나는 지금 귀신 붙은 이야기를 하고 있는데, 외할아버지 유령까지 불러? 답답한 내 마음을 모르고 아빠마저 딴청이다.

"네가 어렸을 때 돌아가셨으니 기억 못 할 거야. 그런데 옛날 사람들은 할아버지가 돌아가시면 무덤 위에 나무 한 그루를 심었대. 그러니까 동네에 가장 큰 나무는 가장 오래된 할아버지의 묘라는 뜻!"

눈물이 쏙 들어갔다. 아빠까지 귀신 이야기를 할 줄 몰랐다.

"서낭 제사는, 동네에서 가장 오래된 할아버지 제사야. 동네 사람들은 그 할아버지께 '내년에는 좋은 일만 있게 도와주세요.' 하고 부탁하는 거야. 그리고…."

아빠가 내 볼을 살짝 건드리며 말했다.

"귀신도 등급이 있어. 서낭 할아버지는 아무에게나 달라붙는 귀신이 아니야. 외할아버지보다 더 높은 할아버지의 할아버지, 아주 아주 높은 할아버지 제사라고."

아빠가 양손을 층층으로 올리는 사이, 형과 내 눈이 마주쳤다. 문밖에 있던 형이 입을 막고 킥킥거렸다.

"으앙!"

속았다! 형은 어느새 담장 끝으로 돌아가서 보이지 않았다.

"으아아앙."

나는 한참 동안 그 억울한 울음을 그칠 수 없었다.